아는 것과 행복은 다른 곳이 아니라 여기에 있고,
다른 시간이 아니라 '지금 이 시간'에 있다.

- 월트 휘트먼

눈을 들어 하늘을 올려다보는 사람에게
닿을 수 없을 정도로 높은 곳이란 없다.
만족하면서 살고, 때때로 웃으며, 많이 사랑한 사람이 성공한다.

- A.J. 스탠리 부인

반짝이는 하루,
그게 오늘이야

반짝이는 하루,
그게 오늘이야

펴낸날 2022년 10월 20일 1판 1쇄

지은이 레슬리 마샹
옮긴이 김지혜
펴낸이 김영선
책임교정 정아영
교정·교열 이교숙, 나지원, 이라야
경영지원 최은정
디자인 바이텍스트
마케팅 신용천

펴낸곳 (주)다빈치하우스-미디어숲
주소 경기도 고양시 일산서구 고양대로632번길 60, 207호
전화 (02)323-7234
팩스 (02)323-0253
홈페이지 www.mfbook.co.kr
이메일 dhhard@naver.com (원고투고)
출판등록번호 제2-2767호

값 16,800원
ISBN 979-11-5874-168-6(03800)

● 미디어숲은 (주)다빈치하우스의 출판브랜드입니다.
● 잘못된 책은 바꾸어 드립니다.

이 도서의 국립중앙도서관 출판예정도서목록(CIP)은 서지정보유통지원시스템 홈페이지(http://seoji.nl.go.kr)와
국가자료공동목록시스템(http://www.nl.go.kr/kolisnet)에서
이용하실 수 있습니다.(CIP제어번호: CIP2020047172)

A DIARY BOOK

That will make your daily life special

반짝이는 하루, 그게 오늘이야

레슬리 마샹 지음
김지혜 옮김

Winter

Spring

무료한 일상을
특별하게 바꿔줄
다이어리 북

Summer

Autumn

AMAZON
아마존 베스트셀러
BEST SELLERS

미디어숲

_____의 다이어리북

진짜 '나'를 만나는 완벽한 고백

당신은 지금 사랑하는 사람과 함께 세상에서 가장 아름다운 곳에 있어요.

당신의 얼굴엔 흐뭇한 미소가 번지고 가슴엔 사랑이 피어나지요. 옆구리가 아플 때까지 웃고 나지막이 가슴에 담아 두었던 말을 해요. 가만히 그의 말을 들어주고요. 바람이 가던 길을 멈추고 당신들의 이야기를 같이 듣겠지요.

이제, 떠올린 것들은 그대로 내려놓고 이 일기에 여러분만의 이야기를 담아주세요. 솔직하게, 담담하게, 때로는 열정적으로, 힘들고 짜증 나고 답답한 마음 그대로 들려주세요.

묵묵히 들어 줄게요. 정답이나 형식에 맞추려 하지 마세요. 서툴러도 되고 엉뚱해도 돼요. 마음만 담겨 있다면 기쁘게 들을게요.

여기에 글을 쓰면서 추억을 기록하고 현실을 간직하며 미래를 꿈꿀 수 있어요. 당신 마음에 따라 행복을 계산하는 방정식의 답이 달라져요.

가장 정확한 답은 자신을 사랑하는 마음에 있죠. 타인을 사랑하는 마음이 더 큰 사랑이겠지만, 자신을 사랑하는 마음이 없다면 그 사랑을 온전히 지탱할 수 없어요. 오히려 혼란스럽기만 할지도 몰라요.

자신을 알고, 신뢰하고, 사랑할 수 있는 과정을 이 책이 안내할 거예요.

책에 나온 질문을 곰곰이 생각하고 일기를 쓰다 보면 때로는 불편한 감정과 피하고 싶은 순간을 대면할 거예요. 그때 고개 돌려 외면하지 말고 꿋꿋하게 정면으로 마주하세요. 어려운 장애물과 위기를 잘 이겨낼 힘과 용기를 얻을 수 있어요.

여기에 당신에게 도움이 될 메시지, 영감을 주는 인용문, 자기 내면에 집중하고 사랑을 끌어내는 운동까지 담았어요.
일기를 쓰는 동안 자존감을 높이고, 사랑을 경험하는 여행이 되길 바랄게요.

참, 일기는 하루에 하나씩 쓰세요. 똑같은 질문도 다음 날이 되면 다른 대답이 떠오르거든요. 그렇게 하나씩 진짜 '나'를 찾아가는 여정은 멋진 시간이 될 거예요.

이제, 시작해 볼까요?

저자 레슬리 마샹

차례

‘오늘’이란 너무 평범한 날인 동시에
과거와 미래를 잇는 가장 소중한 시간이다.

- 괴테

나에게

한 걸음

다가가기

Winter

먼저, 당신에게 부탁 하나 할게요.

자기 자신에게만큼은 솔직해지는 거예요.

물론, 솔직해진다는 건 어려운 일이에요.

하지만 잘못한 것이 있다면 바로잡고

서툰 것이 있다면 이해해주고

외롭다면 안아주세요.

왜 이러는 것이냐고 추궁하지 말아요.

바보 같다고 몰아세우지도 말고요.

부족하고 노력해도 안 되는 것을 들춰내며

원망을 쏟아내서도 안 돼요.

당신이 더 잘 알고 있잖아요.

충분히 괴로워하고 있다는 것.

삶에 떠밀려 지쳤지만 가까스로 버티고 있다는 것.

이제는 나를 다독여줘야 할 때라는 것.

당신은 시작하는 출발점에 서 있어요.

내가 누구인지, 나의 삶에 어떤 일들이

일어나고 있는지, 스스로에 대해 솔직해지세요.

쉽지 않겠지만 자신을 향한 의심과 비관적인 생각을

걷어내 보세요.

나를 지키려고 굳건히 쌓아 놓았던 핑계, 회피, 불신의

벽을 모두 허물고

조금 더 마음을 열어 자신을 들여다보세요.

그럼, 보이지 않던 내 모습을 보게 될 거예요.

있는 그대로의 모습을 세상에 드러내며

당신이 빛을 발할 수 있는 곳에서 인정받으세요.

아시죠?

당신은 충분히 그만한 가치가 있는 사람이라는 것!

내 기분은 내가 정해.
오늘 나는 '행복'으로 할래

- < 이상한 나라의 앨리스 >

December

Winter

나의 유별남도 '특별함'으로 변하는 하루

행운의 상징인 네 잎 클로버는
세 잎 클로버들 사이에 있기에
더욱 특별하죠.
당신도 마찬가지랍니다.

당신의 유별남이 당신을 가치 있게 해요.

당신이 느끼기에 못난 구석이고
불완전한 상태라도 말이에요.

어떤 부분인지 슬쩍 고백해 보실래요?

December

숨기고 싶은 나의 유별남,
까탈스러움은 어떤 것이 있을까요?

1st
_____

_____

2nd
_____

_____

3rd
_____

_____

Winter

사랑을 모아 전하는 하루

일어서서 발을 엉덩이 너비로 벌려요.
귀한 물건을 받듯 두 손과 팔을 앞으로 쭉 내밀어요.
손바닥이 위로 가도록.

숨을 깊이 들이마시면서 손을 아래로 떨어뜨려
옆구리를 거쳐 하늘 쪽으로 쭉~ 올려요.
가족과 친구들에게서 사랑을 모아
당신 마음에 가져온다고 상상하세요.

숨을 내쉬면서 손바닥을 머리 위로 모아 놓고
심장으로 내려요.
이 동작을 세 번 반복하세요.

어떤가요?
마음이 풍성해지는 것이 느껴지나요?

December

사랑을 표현하는 방식은 많아요.
나만의 특별한 방법이 있나요?

4th

_____

_____

5th

_____

_____

6th

_____

_____

Winter

나로 인해 누군가가 행복한 하루

당신으로 인해 행복했으면 하는
사람이 있나요?
가족이나 친구를 제외하고요.
당신이 행복하게 해주고픈 사람들이죠

왜 그들인가요?
당신의 어떤 능력으로
그들을 행복하게 해줄 수 있을까요?

December

사람들을 행복하게, 즐겁게 해주는
나만의 특별한 능력이 있나요?

7th

8th

9th

10th

Winter

불완전한 내가 완벽해지는 하루

모든 인간은 불완전하지요.
당신도 마찬가지고요.
하지만 그런 불완전하고 부족해 보이는 우리는
어떻게 자신을 사랑할 수 있을까요?

무엇이 당신을 특별하게 만드는지 적어 보세요.
완벽하지 못한 당신의 무언가가
당신을 더욱 완전하게 만들어줄 수 있다면,
믿으실래요?

December

부족한 나를 완벽하게 만들어주는
1%는 무엇인가요?

11th
_____

_____

12th
_____

_____

13th
_____

_____

_____

Winter

소소한 일들이 기쁨이 되는 하루

당신은 인생에서 얼마나 자주
기쁨을 경험하나요?
나를 위해 준비한 맛있는 음식을 먹는 일,
사랑하는 사람과 함께 공원을 걷는 일,
누군가로부터 축하의 말과 꽃다발을 받는 일,

일상의 작은 기쁨이 있다면, 무엇일까요?

December

나에겐 소소한 기쁨을 주는
아주 작은 일들이 있어요

14th

15th

16th

Winter

웃음을 연습해 보는 하루

웃지 않았을 뿐인데 화가 났느냐고 묻는 이가 있다면,
멍하니 있었을 뿐인데
무슨 일이 있냐고 추궁당한다면,
무심코 있다가 대꾸하지 못했을 뿐인데
기분 나쁜 일이 있냐고 누군가 캐묻는다면
그건 바로 표정이 그렇게 굳어가고 있다는 증거예요.

때때로 웃는 연습이 필요해요.
배꼽을 잡고 웃은 영상에 '좋아요' 표시를 해 두세요.
웃고 싶을 때 찾아서 볼 수 있도록.

당신이 크게 웃었던 일들 몇 가지를 떠올려 보세요.
당신이 얼마나 유쾌한 사람인지 알게 돼요.

December

나를 해맑게 웃게 해주는 것들은
무엇인가요?

17th
_____

_____

18th
_____

_____

19th
_____

_____

Winter

자연보다 더 경이로운 하루

우리는 자연을 보며 감탄해요.

하늘을 붉게 물들이는 일몰의 황홀함,
겨울을 이기고 움트는 새싹의 경이로움,
알에서 생명이 탄생하는 신비,
먼지도 가라앉히는 중력의 힘,

또 무엇이 있을까요?

December

나에게 경외감을 주는 것들이
주변에 무척 많아요.
가만히 살펴보세요.

20th

_____

_____

21st

_____

_____

22nd

_____

_____

Winter

놀라운 일이 이벤트처럼 다가오는 하루

어느 순간,
"오!" 하고 탄성을 지른 적이 있나요?

당신 자신에게나 다른 사람에게, 혹은 어떤 현상에,
언제, 어떤 상황이었는지
구체적으로 기억이 나나요?

December

나를 감동하게 하고
탄성을 지르게 만드는 것은 무엇인가요?

23rd
_____

_____

24th
_____

_____

25th
_____

_____

Winter

뜨겁게 열정을 불태우는 하루

당신은 '보람'을 어디에서 찾나요?
생각해 보니 이 질문이 너무 광범위하네요.
각각의 보람이 가진 크기, 색, 모양이
다 다른데 말이지요.

미안해요. 다시 물을게요.

무엇이 당신의 열정을 솟구치게 하나요?

진지한 목적 의식? 뿌듯한 성취? 하는 일?
사회봉사? 다른 이를 돌보는 것? 취미활동?
자세하게 떠올려 보세요.

December

나를 열정적으로
만드는 일은 무엇인가요?

26th

27th

28th

Winter

사랑으로 가득 채우는 하루

당신 마음에 가득 담긴 사랑을 보세요.
바위처럼 굳건한 것 같지만
어느 땐 그릇에 담긴 물처럼 넘치게 찰랑거리죠.
솜털처럼 부드럽다가도
콘크리트 바닥처럼 거칠어지기도 해요.

무엇이 당신의 마음을 사랑으로 채우나요?

가까운 사람들, 나를 지탱하는 신념,
언제나 내 편이 되어 주는 반려동물,
마음을 깊이 들여다봐요.

December

내 안에 가득 찬 사랑을
단어로 표현해 보세요.
친한 사람도 좋고 애착 물건이나
맛있는 음식도 좋아요.

29th

30th

31st

우리의 몸은 정원이고 마음은 정원사다.
게을러서 불모지가되든, 부지런해 거름을 주어 가꾸든
그것에 대한 권한은 모두 우리 마음에 달려 있다.

- 셰익스피어

January

Winter

세상을 밝히는 하루

당신은 촛불 같은 하루를 살았습니다.
누군가의 입김에 '훅' 꺼져버릴 수 있었지요.
바람에 흔들렸지만 가는 심지에 기댄
당신의 지력은 아름다웠어요.

외로웠지만 타오를 수 있었던 순간,

그로 인해 당신이 머문 그 공간이
다소 밝아졌다는 사실!
잊지 마세요.

January

나로 인해 세상이 따뜻해졌다고
느꼈던 순간이 있나요?

1st

_____

_____

2nd

_____

_____

3rd

_____

_____

Winter

타임머신을 타고 옛 동네로 놀러 가는 하루

가끔,
생각의 저편에서 메아리가 담을 타고 넘어오듯
어릴 때 놀던 모습이 다가와요.
세상 무서울 것 없었던 시절,
친구들과 하던 놀이를 떠올려 보세요.
슬쩍 입꼬리가 올라간다면 지금 당장 해 봐도 좋아요.

그 순수했던 기분이 다시금 느껴지나요?

January

어린 시절, 해지는 줄 모르고
즐겼던 놀이는 무엇이 있나요?

4th

_____

_____

5th

_____

_____

6th

_____

_____

Winter

평소와 다른 내가 되어 보는 하루

전혀 해 보지 않은 일에 도전해 보세요.
평소에 하지 못했던 색다르고
이색적인 일을 해 보는 거예요.

공예 클래스를 찾아 체험해 봐도 좋고
악기를 연주하는 사람 옆에서
노래를 따라 불러도 되겠네요.
이젤을 펴고 그림을 그리거나 사진작가처럼
배를 깔고 엎드려 사진도 찍어 보는 거죠.
동네 꼬마랑 초콜릿을 나눠 먹으며
수다를 떨어도 좋겠죠.

January

죽기 전 반드시 만나고 싶은
인물이 있나요?
그와 무엇을 하고 싶나요?

7th
_____

8th
_____

9th
_____

10th
_____

Winter

멋진 부모가 되어 보는 하루

아이가 있나요?
아니면, 먼 훗날 가질 나의 아이를
상상해 본 적 있나요?
그 아이에게
당신은 어떤 사람이고 싶은지 말해 보세요.

언제나 솔직하고, 책임감이 있고,
열심히 살아가고, 당당하며,
이 세상의 모든 아름다움을 사랑하는,
아이가 알아줬으면 하는,
자신의 모습을 슬쩍 그려 보세요.

January

미래의 내 아이에게 혹은 지금의 아이에게
어떤 수식어가 붙는 부모가 되고 싶나요?

11th

_____

_____

12th

_____

_____

13th

_____

_____

Winter

나의 존재에 감사하는 하루

가슴 뭉클해지는 감사의 이유를 찾고 싶다면
어서 거울 앞에 서세요.

바로 당신!

당신이 존재하는 것이 세상에서
가장 큰 감사의 이유랍니다.
스스로에게 고마운 마음을 가져 보세요.
나의 어떤 점 때문이 아닌,
있는 그대로의 나를 보면서요!

January

나에게 감사한 적이 있나요?
무엇 때문인가요?

14th

15th

16th

Winter

누군가를 위해 옆자리를 비워 두는 하루

만약 당신이 사랑하게 되면
시간을 조금 비워 두세요.
마음도 조금 비워 두고,
즐거움도 조금 비워 두고,
행복도 조금 비워 두세요.
뭐든 흔들릴 수 있는 여유가
더 깊이 사랑하게 돕거든요.

그가 아직 오지 않는 공간에
낙엽처럼 사각거리는
시 한 편을 적어 두세요.

January

비어있는 공간이 있다면
그 공간에 무엇을 만들고 싶으세요?
나만의 공간이나 사랑하는 가족을 위한
공간도 좋아요.

17th
_____

18th
_____

19th
_____

20th
_____

Winter

깨고 싶지 않은 행복한 꿈을 꾸는 하루

편안한 자세로 앉아 보세요.
축 늘어진 나무늘보처럼 의자나 침대에 걸치듯
늘어져도 좋아요.
그대로 한숨 편하게 잘 수 있다면
그대로 코를 고세요. 대신 아주 행복한 꿈을 꿔야 해요.

눈을 뜨면 곧장 일어나지 말고
당신을 사랑하는 사람들의 눈길을 떠올리세요.
그리고 그 자세에서 나직이 그들을 향해
"사랑해"라고 읊조리세요.
공기에 퍼진 사랑의 기운이
그들 마음에 전달될 테니까요.
그러면 당신은 그만큼 사랑으로 충전되겠지요.

당신이 밤을 닫는 시간에 매일 잊지 않고 해주길 바라요.
사랑의 기적은 당신을 통해 일어나니까요.

January

영원히 지속됐으면 하는
아주 아주 행복한 꿈을 상상해 보세요.
무엇이 보이나요?

21st

_____

_____

22nd

_____

_____

23rd

_____

_____

Winter

나에게 편지를 건네는 하루

자신에게 편지를 써 보세요.
지금의 당신을 고스란히 보여주며
솔직하게 마음을 털어놓으세요.
미처 자신에게 해주지 못했던 말도 아끼지 말고 쓰세요.
씨앗 심듯 꼭꼭 눌러 한 글자 한 글자!

당신이 있는 풍경,
당신이 바라보는 곳,
당신이 머문 자리의 의미,
당신이 밑줄 그은 하루 일상!

January

나에게 편지를 쓰세요.
첫 줄엔 어떤 말을 담고 싶나요?

24th

25th

26th

27th

Winter

오랜 친구에게 악수를 건네는 하루

늘 쓰던 펜 말고 오래 묵혀 두었던 펜을 들어 보세요.
익숙하지 않은 어색한 손맛과
언젠가 잡아 보았던 무게감이 새로워요.
이 펜과 함께했던 순간이 쉼표를 찍듯 여운을 주지요.

오랫동안 연락하지 않은 친구가 있나요?
서랍 깊숙이 든 비밀 일기장을 꺼내듯
그 친구를 불러 보세요.

다정했던 순간과 나눴던 시간에
고마움을 전하세요.

January

오랫동안 만나지 못한 친구를 만난다면
제일 먼저 어떤 이야기를 하고 싶나요?

28th
_____

29th
_____

30th
_____

31st
_____
_____

자주 그리고 많이 웃는 것,
현명한 이에게 존경받고
어린아이에게 사랑받는 것,
정직한 비평가에게 찬사를 듣고
친구의 배반을 참는 것,
아름다운 것을 식별할 줄 알고
다른 사람의 장점을 발견해내는 것,
건강한 아이를 하나 낳든, 작은 정원을 가꾸든
사회 환경을 개선하든
자기가 태어나기 전보다 조금이라도
살기 좋은 곳으로 만들어놓고 떠나는 것,
이 땅에 잠시 머물다 감으로써
단 한 사람의 인생이라도 행복해지는 것,

이것이 진정한 성공이다.

-랠프 왈도 에머슨

February

Winter

일상을 탐험하는 하루

매일 다녔던 골목을 피해 다른 길로 가세요.
일부러 말이에요.
조금 돌아가야 할지도 모르니
시간을 넉넉히 잡고 걸음걸음 탐험하세요.

마주치는 것들과 눈맞춤하며
발견의 기쁨을 맛보실 거예요.
무언가가 발걸음을 잡아끈다면
허리 숙여 자세히 들여다 보세요.
발견과 관찰은 탐험가의 기본 정신이니까요.

집에 돌아와서는
탐험하며 만난 인연을 기록하세요.

February

지금 내 주변을 관찰해 보세요.
무언가 평소 못 보던 것이 보이지 않나요?

1st
_____

2nd
_____

3rd
_____

4th
_____

Winter

미래의 나를 상상하는 하루

앞으로의 삶은 어떻게 펼쳐질까요?
당신의 인생을 그려 보세요.

미래의 당신은 무엇을 생각하고 느끼며
어떤 일을 하고 있을까요?

오늘 당신이 스스로에게 준 사랑이
그날까지 계속 되었으면 해요.

February

10년 후, 나는 누구와
어디에 있을까요?

5th
_____

6th
_____

7th
_____

8th
_____

Winter

여행 가방을 꾸리는 하루

배낭을 메고 워커를 신었나요?
햇빛을 가려줄 모자도 챙기세요.

무작정 떠나 보자고요.
기차를 타든, 버스를 타든, 걷든
계획하지 말고 닥치는 대로 가 보는 거예요.

이 여행이 줄 위로를 기대하면서

February

배낭을 챙겨 여행을 떠납니다.
늘 넣던 것 말고
뭔가 색다른 걸 넣어 볼까요?

9th

_____

10th

_____

11th

_____

12th

_____

Winter

'진짜 나'를 발견하는 하루

어떤 이는 본능적으로 자신이 뭘 잘하는지 알아요.
그렇지만 당신은 자기 재능을 발견하는 데
시간이 오래 걸릴지도 몰라요.
그 차이를 두고 고민하지 마세요.
신경 쓸 필요도 없어요.

다만, 당신에게 필요한 만큼 충분한 시간을 주세요.
자신의 리듬에 맞춰 춤을 출 준비를 하면서.
장담컨대 더 우아해 보일 거예요.

앞으로 자신을 어떻게 발견해 나갈지
계획을 세워 보세요.

리드미컬하게!

February

다른 사람들은 모르는
'나'를 솔직히 말해 보세요.

13th
_____

14th
_____

15th
_____

16th
_____

Winter

당당히 나를 보여 주는 하루

자신을 감추려 하지 마세요.
과감히 세상에 당신을 선보이세요.
당신이 어떤 사람인지,
무엇을 원하는지,
큰 소리로 말하는 거예요.
그래야 다른 사람이 당신을 잘 알게 돼요.

모두 당당한 당신 모습에 반할 거예요.

February

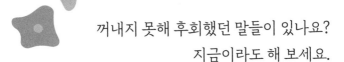

꺼내지 못해 후회했던 말들이 있나요?
지금이라도 해 보세요.

17th

18th

19th

20th

Winter

나를 '쓰담쓰담'해 주는 하루

스스로 대견스러워하세요.
볼을 토닥여주거나 머리를 쓰다듬어도 돼요.
여기까지 지치지 않고 왔잖아요.
포기하지 않고 도착했잖아요.

이렇게 남보다 조금 더 오래 하면
자기만의 길을 갈 수 있어요.
때려치우거나 접어버리고 싶은 순간이
있는 건 당연해요.

하던 일을 발로 걷어차지만 않으면 돼요.
완주 끝에 오는 영광을 차지해야지요.

February

오늘 하루 나는 아주 잘 버텼습니다.
무엇 때문일까요?

21st
_____

22nd
_____

23rd
_____

24th
_____

Winter

나를 더 없이 사랑하는 하루

매일 당신이 가장 좋아하는
자기 사랑을 실천해 보세요.

아침에 일어나서 명상하기,
차를 마시며 마음을 회복하기,
잠자리에 들기 전 따뜻한 물로 목욕하기,

스스로의 기대에 미치지 못하는 자신을
용서하는 연습도 필요해요.
매일 나를 사랑하는
그리고 나를 아껴주는 연습이
오늘의 나를 더 강하게 만들어 줄 거예요.

당신은 할 수 있어요.
응원해요, 진심으로.

February

나는 나를 아주 많이 사랑합니다.
무엇 때문일까요?

25th
_____

26th
_____

27th
_____

28th
_____

Spring

나의 하루를
지지하기

'자신감'은 폭풍의 힘을 부정하지 않아요. 비바람이 휘몰아쳐 뒤로 밀릴지라도 버틸 수 있게 하죠. 그 결과 폭풍 뒤에 오는 무지개를 볼 수 있게 해요.

'자존감'은 여행의 각 단계마다 기쁨을 느낄 수 있게 해 줘요. 사람 사이의 관계, 자기가 맡은 일과 책임에서 보람을 얻을 수 있으니까요.

'자기 연민'은 세상을 보는 시야를
넓혀주지요. 삶에서 직면한 문제를 회피하기보다
시험과 도전으로 받아들이고 그 안에 숨겨진 선물을
찾아요. 보물을 찾듯 삶이 주는 아름다움을 발견하게
되지요.

그러니 당신,

언제나 마음을 열고 자신을 사랑하세요.

쑥스러워하지 말고 마음껏!

자신을 사랑하는 마음이 번져날 때

다른 사람을 사랑할 수 있고

나와 관계된 모든 이들을 포용할 수 있게 도와요.

당신이 하는 일을 자랑스러워할 수 있고

잘 해낼 수 있게 만들죠.

하는 일이 막혀 답답하거나 엉클어진 관계 때문에

절망스럽다면 자신에게 먼저

초점을 맞추어 보세요.

자신에 대한 존경, 자신에 관한 지식,
자신에 대한 억제,
이 세 가지가 생활에 절대적인 힘을 가져온다.

– 알프레드 테니슨

March

Spring

나만의 안식처를 만드는 하루

당신이 앉을 수 있는 자리를 만드세요.
자신을 사랑하는 법을 연습할 수 있는 자리

따사로운 햇볕이나
은은한 달빛이 들면 더 좋겠지요.

부드러운 담요나 마음을 편안하게 해주는 양초, 디퓨저,
그리고 싱그러운 꽃 한 송이, 마음에 드는 좋은 문장이 가
득한 책 한 권….
당신이 좋아하는 것은 무엇이든 가져오세요.

그리고 매일 그 자리에 앉아 잠시 시간을 내어
가만히 나를 생각해 보는 거예요.

"이곳에 오면 마음이 편안하구나."

March

마음을 편안하게 해주는
당신만의
최고의 자리는 어디인가요?

1st

_____

_____

2nd

_____

_____

3rd

_____

_____

Spring

마음을 소복이 담는 하루

자기 마음을 고스란히 담는 건 쉽지 않아요.
감정이 마음을 휘두르기 때문이지요.

폭풍우처럼 몰아치는 울분,
소슬바람처럼 밀려오는 그리움,
싱그럽게 다가서는 설렘,
불쑥 들어가 와락 안아버리고픈 사랑은 어때요?
좋았던 날이든, 우울했던 날이든
솔직하게 내 마음을 털어놓으세요.

당신만이 간직하고픈 이야기가 있다는 건
행복한 일이에요.

March

마음을 담아둘
공간이나 장소, 친구를 생각해 보세요.

4th

5th

6th

7th

Spring

주문을 걸어 변화를 꿈꾸는 하루

처음 이 책을 집어 들었을 때,
어떤 마음이었는지 기억하나요?
자신에게 어떤 변화를 기대하고 있는지
생각해 봐요.

아브라카다브라, 비비디 바비디부!
간절히 원하면 이루어진다!

March

인생의 묘미는 하루하루 색다르게 사는 것!
오늘은 어떤 변화를 가져볼지
적어 보세요.

8th

9th

10th

11th

Spring

타인과 나누는 하루

자꾸 신경 쓰이는 사람이 있나요?
풍경 좋은 곳을 거니는데
불현듯 떠오르는 그 사람,
맛있는 음식을 같이 먹고 싶은 사람,
좋은 일이 생겼을 때 달려가 하이파이브하고 싶은 사람,
누구나 가슴에 품은 그런 사람 하나쯤 있지요.
그에게 당신의 오늘을 보여주면 어떨까요?

당신을 이해할 수 있도록 조근조근 들려주세요.
함께 나누고 싶었던 어떤 순간을 고백해도 좋아요.

당신에게도 그에게도
오늘을 산 의미가 특별해집니다.

March

나의 하루를 함께 이야기한다면
어디서 누구와 나누고 싶으세요?

12th
_____

13th
_____

14th
_____

15th
_____

Spring

똑같은 듯 똑같지 않은, 똑같은 하루

매일 똑같은 날을 사는 것 같지만,
매일 다른 하루를 살고 있지요.
어제와 같은 태양이지만 빛의 강도는 달랐잖아요.
매일, 매시간, 매분, 매초 시간의 간격은 같지만,
일과 사랑에 대한 마음의 간격은 시시때때로 달라지죠.
하지만 절대로 변하지 않아야 할 약속은 있답니다.

그 어떤 유혹이 살랑살랑 다가와도
반드시 지켜야 할 약속이지요.
백 가지를 써도 되지만

마지막에는 '이 일기를 끝까지 쓰기'도
꼭 넣어주세요.

March

오늘 반드시 지켜야 했던 약속은
무엇이 있을까요?

16th
_____

17th
_____

18th
_____

19th
_____

Spring

그 어느 때보다 잘 살아낸 하루

오늘을 살아내느라 힘들었다는 사실,
당신이 알잖아요.
잘한 게 없다고 인색하게 굴 필요 없어요.
최선을 다한 결과니까요.
실수를 일부러 떠올릴 필요도 없지요.
이미 따가운 시선과 질타를 지독하게 받았잖아요.
그 순간을 견뎌낸 자신을 자랑스러워하세요.
어깨를 토닥이며 지긋이 웃어주자고요.

지금은 자신에게 애썼다는 위로와
사랑한다는 표현을 해줄 때예요.

March

하루를 잘 견뎌낸
나를 위로해줄 말이나
선물을 생각해 보세요.

20th
_____

21st
_____

22nd
_____

23rd
_____
_____

Spring

나를 듬뿍 칭찬해 주고픈 하루

지금 당신에게는
어떤 단어가 필요한가요?
호기심, 희망, 사랑, 인내, 용기, 시작, 열정
지친 당신 마음을 쓰다듬어 주세요.
유려한 미사여구 따윈 필요 없어요.
한 번도 자신을 칭찬한 적 없다면
어색한 칭찬도 좋아요.
조금 과해도 좋고 아주 덤덤히 말해도 괜찮아요.

나를 토닥이는 칭찬은 늘 다시
힘을 내야 할 이유가 된답니다.

March

가장 듣고 싶은 칭찬을
적어 보세요.

24th
_____

25th
_____

26th
_____

27th
_____

_____

Spring

온갖 사랑이 넘치는 하루

자신을 사랑하는 마음을
한 문장으로 정리할 수 있을까요?
질문이 너무 심오한가요?
안심하세요.
위대한 철학자에 버금가는 문구를 바라는 게 아니에요.
단지, 당신이 자신을 가장 사랑했던 순간이
궁금할 뿐이죠.
그때의 느낌으로 다음 페이지를 채워 보세요.

사랑하는 순간으로 채워진 하루,
또 그 하루가 모인 한 달과 일 년은
무척이나 사랑스러울 겁니다.

March

자신이 가장 사랑스러웠던
순간을 적어 보세요.

28th

_____

29th

_____

30th

_____

31st

_____

나는 누구인가? 스스로 물으라.
자신의 속 얼굴이 드러나 보일 때까지 묻고,
묻고, 묻고 물어야 한다.
건성으로 묻지 말고 목소리 속의 목소리로,
귓속의 귀에 대고 간절하게 물어야 한다.
해답은 그 물음 속에 있다.

- 법정스님

April

Spring

'나쁨'을 '좋음'으로 변화시키는 하루

나쁜 일은 그림자와 같아서 당신을 늘 따라다녀요.
실수, 실패, 좌절, 배신, 아픔, 우울, 위기, 고민
혼자 감당하기 버거운 당신을 무릎 꿇게 만들죠.

어쩌면 누구도 당신 편이 되어 주지 않을지도 몰라요.
그땐 생각을 바꿔보는 건 어떨까요?
그 '나쁜' 일들이 앞으로 나에게 '좋은' 일이
될 수 있을까 하고요.
나를 짓눌렀던 일들을 이곳에 모두 쏟아내고,
나를 더 강하고 단단하게 만드세요.

당신은 이겨낼 수 있어요.

April

우울했던 기분을 행복하게 만들었던
것들을 적어 보세요.

1st
_____

2nd
_____

3rd
_____

4th
_____

_____

Spring

영원히 기억하고 싶은 하루

잊고 싶지 않은 순간들이 있어요.
내가 자랑스러웠던 순간,
어려운 결정을 했던 순간,
나를 당당하게 세웠던 일들
상처가 치유된 기억
내가 꽤 괜찮았다고 느낀 그 순간들을
이곳에 고이 간직해 보세요.

'기억'은 내 인생을 단단하게 채워줄
든든한 한 끼 같은 선물이니까요.

April

영원히 잊지 못할 것 같은
하루의 기억을 적어 보세요.

5th
_____

_____

6th
_____

_____

7th
_____

_____

Spring

무언가 도전하고 싶은 하루

모든 일을 다 잘할 수는 없지만
하고 싶은 일에 도전하는 용기는
아무나 가질 수 있는 게 아니죠.
당신이 가장 큰 용기로 도전했던 일을 되새겨 보세요.
열정으로 뜨거워진 심장의 두근거림,
의욕으로 넘치는 희열,
패기의 발자취,

오늘의 당신을 있게 한 그 도전!

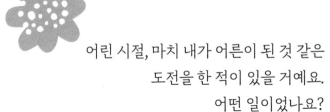

April

어린 시절, 마치 내가 어른이 된 것 같은
도전을 한 적이 있을 거예요.
어떤 일이었나요?

8th
_____

9th
_____

10th
_____

11th
_____

Spring

약점도 사랑스러워 보이는 하루

티끌 하나 없는 수정水晶은 보는 사람을 긴장시키죠.
감히 만질 수도 없고 가까이 다가서기도 겁나요.
완벽은 불안을 유도하는 법이니까요.

그러니까 당신,
자신이 가진 약점에 감사하세요.
약점이 무엇인지 알고 있으면 돼요.

다르게 살고 싶다면 약점을 보완하면 돼요.
티 많은 수정도 어느 각도에서는
찬란한 빛을 내니까요.

April

내가 가진 귀여운 약점은
무엇이 있을까요?

12th
_____

13th
_____

14th
_____

15th
_____

_____

Spring

나도 모르게 신이 났던 하루

타인을 사랑하는 사람의 목소리는
솜털처럼 보드랍고
미소에는 매력이 넘쳐요.
자신을 사랑하는 사람은
늘 콧노래를 흥얼거리고
걸음걸이는 위풍당당하지요.

사랑할 이유를 발견할 때마다
벅차오르는 가슴!

April

신이 날 때면 나도 모르게 나오는
행동들이 있나요?

16th

17th

18th

Spring

미래를 상상하는 하루

꿈으로 오르는 사다리가 있다면 얼마나 좋을까요.
출렁거리지 않고 뒤틀림 없이 견고하다면 더 좋겠지요.
곧장 꿈에 가닿을 수 있으니까요.

그런데 아세요?
꿈의 사다리는
자신이 만들어간다는 것,
자신이 놓는다는 것,
그리고 자신이 오른다는 것을 말이에요.

꿈의 사다리를 열심히 타고 올라가 보면
무엇이 보일까요?

April

3년 후,
당신은 무엇을 하고 있을까요?

19th

20th

21st

Spring

그럼에도 감사하는 하루

연꽃은 진흙 속에 뿌리내리고
성스럽고 고결한 꽃을 피워요.
당신도 그래요.
바람이 부는 곳에서도 춤출 수 있고
폭풍우 몰아치는 밤에도 꼿꼿이 서 있을 수 있다면
세상에 빛을 더하는 꽃을 피울 수 있어요.

그럼에도 불구하고 나를 행복하게
하는 일들로 오늘 하루를 살아갑니다.

오늘 화가 나는 일이 있었나요?
그럼에도 나를
기분 좋게 했던 일이 있었나요?

22nd

23rd

24th

Spring

낯선 이들과 함께하는 하루

1박 2일 혹은 3박 4일 아니면 일주일
전혀 알지 못하는 낯선 곳으로
새로운 사람들과
여행을 떠난다고 생각해 보세요.
그곳에서 만난 사람들에게
어떻게 나를 소개할 수 있을까요?

낯선 이들이 반가운 이들이 되면
내 삶은 더욱 풍요로워집니다.

April

나를 상징하는
단어나 사물, 혹은 동물은
무엇이 있을까요?

25th
_____

_____

26th
_____

_____

27th
_____

_____

Spring

먼 곳에서 나를 바라보는 하루

알고 지내던 사람이 눈 쌓인 산을
같이 등반하자고 해요.
능선을 따라 열두 봉우리를 함께 넘고 싶대요.
어디 그뿐인가요?
한 달 동안의 스페인 도보여행도 제안하네요.

왜 '당신'일까요?
먼발치에서 바라보는
나의 모습은 어떨까요?

April

제 3자가 되어 먼 곳에서 바라보는
나의 모습을 상상해 보세요.
어떤 모습일까요?

28th
_____
_____

29th
_____
_____

30th
_____
_____

날마다 오늘이 마지막 날이라고 생각하라.
날마다 오늘이 첫날이라고 생각하라.

-탈무드

May

Spring

마법을 거는 하루

자기만의 주문을 만들어 보세요.
영어, 희랍어, 라틴어, 외계어도 좋고요,
엉뚱한 말들이 뒤섞인 말도 괜찮아요.
하쿠나마타타, 치키치키차카차카초코초코초처럼
운율이 있어 재미있다면 더 좋지만
그렇지 않아도 괜찮아요.
나에게 힘을 주는 말이면 상관없어요.

거기에 나만의 의미를 담는다면
용기와 힘을 주는 마법의 주문이 되거든요.

May

일이 잘 풀리지 않을 때
이 행동을 하면 기분이 좋아져요.
무엇인가요?

1st

2nd

3rd

Spring

'이불킥' 하고 싶은 하루

지금 스피커에서는
전혀 알아들을 수 없는
랩이 쏟아지고 있어요.
가사 내용이요? 알고 싶지도 않네요.
따라 하고 싶지도 않고요.
좀 전에는 댄스곡을 틀어놓고
기다란 팔과 다리를 흐느적거렸지요.

아, 이 문장을 쓰고는 한숨 자야겠어요.
어제 만난 사람 때문에 스트레스를 받았거든요.

May

나는 주로 어떤 상황에
스트레스를 받나요?

4th

5th

6th

7th

Spring

나를 위한 선물 같은 하루

자신에게 선물하고 싶은 목록을 작성해 보세요.
빗방울이 떨어질 때 맡아지는 흙내음,
골목길에 핀 들꽃,
표지가 맘에 드는 책,
감칠맛 나는 새우 요리도 좋고요.
시원한 레모네이드는 어때요?

자신에게 줄 근사한 선물을 준비하세요.
설렘 가득한 내일을 기대하게 돼요.

May

나에게 아낌없이
주고 싶은 선물이 있나요?

8th

9th

10th

Spring

어느 영화의 주인공이 된 하루

지금 하는 동작을 멈춰 보세요.
책에서 천천히 눈을 떼고 고개를 드는 거예요.
창밖을 보며 잠시 그대로 있어요.

마침 나를 행복하게 하는
멋진 장면이 펼쳐지네요.

May

영화같이 멋진 장면이
내 눈 앞에 펼쳐지고 있어요.
어떤 장면일까요?

11th
_____

12th
_____

13th
_____

14th
_____

_____

Spring

어디든 내 쉼터가 되는 하루

독수리를 부러워한 적 있나요?

어디든 날아갈 수 있는 자유로움,
하늘에서 조망하는 성스러움,
조급해 않는 여유로움이 사람을 매료시키죠.
푸르른 창공을 유영하듯 살고 싶다는
바람 때문인지 모르겠어요.

당신이 바라는 삶을 속삭여 줄래요?

May

만약에 새가 된다면
어디서 무엇을 하고 싶나요?

15th
_____
_____

16th
_____
_____

17th
_____
_____

Spring

가장 편한 포즈로 쉬어 가는 하루

잠깐만요, 우리 잠시만 쉬어가요.

가쁜 숨도 고르고 움츠렸던 어깨도 뒤로 쫘악 펴보세요.
의자에서 일어나 누울 수 있으면 훨씬 좋겠지요.
바닥에 등을 대고 다리를 쭉 뻗어 올리는 거예요.
힘들면 벽에 붙여도 돼요.

여러분에게 가장 편한 자세는 어떤 건가요?

떠올리는 자세 그대로
편안히 휴식을 취하세요.

머릿속 호수에 평화가 깃들 때까지!

내가 취하는 자세 중
가장 편안한 자세는 무엇인가요?

18th

19th

20th

Spring

말하는 대로 이루어지는 하루

오래도록 기억하고 싶은 문장이 있어요.
책 속에 있는 문구나 영화 대사,
누군가에게 들었던 말이 될 수도 있지요.

당신만의 '만트라mantra'를 떠올려 보세요.
만트라는 기분을 좋게 하거나
긍정적인 생각을 심어주는 문장이에요.
당신의 처진 어깨를 감싸주고
우울한 기분을 바꿔주는 말,
웃고 싶을 때 떠오르는 말,

뭐든 좋아요.

그 문장에 담긴 잔향까지 전해지도록
이곳에 꼭꼭 눌러 새겨 보세요.

May

머릿속을 맴도는 영화 대사나
책 속의 문구가 있나요?

21st
_____

22nd
_____

23rd
_____

24th
_____

_____

Spring

무언가 배워가는 하루

1분만 눈을 감아 보세요.

당신 가슴에서 뛰는 심장 소리를 들어보는 거예요.
들숨과 날숨의 리듬을 타며 오르내리는 생명
손을 배 위에 얹는다면 그 고결한 숨결을
느낄 수 있지요.
당신도 모르는 사이 다가오는 것이 있어요.
당신에게 사랑을 가르쳐준 것들이지요.

숨을 내쉬며 문득 떠오르는 노랫말이나
괜찮은 표현들이 있다면 읊조려 보세요.

May

갑작스레 떠오르는 시구나
노랫말을 적어 보세요.

25th

26th

27th

28th

Spring

나만의 비밀을 간직하는 하루

누구에게나 말하고 싶지 않은 비밀이 있어요.
알아도 몰라줬으면 하는 그것!
콘크리트에 묻어버리고 싶은 일 말이에요.
누군가와 공유할 수 없지만
그 비밀 때문에 이불을 뒤집어쓴 듯 답답하다면

여기에 당신만의 비밀을 털어놔 보세요.

나만 간직하고 싶은 비밀이 있나요?
이곳에 몰래 털어놔 보세요.
비밀을 지켜드릴게요.

29th

30th

31st

Summer

마음을 다해
나를 믿어주기

결정을 내려야 하는 순간,

망설이는 주인공을 본 적이 있나요?

오른쪽 어깨 위의 천사는 옳은 일을 하라고 속삭이고,

왼쪽 어깨의 악마는 '널' 위한 선택을 하라고 부추기죠.

우리가 조마조마하며 주인공의 선택을 지켜보는

이유는 선택의 갈림길에서 갈등하는 우리 모습과

닮아서일지도 몰라요.

선택에 따라 성취감을 얻고 승승장구하기도 하고

후회와 좌절을 맛보기도 하니까요.

그러니 선택의 순간은

두려움과 기대가 교차되는 찰나이지요.

하지만 선택이 끝났다면 의연해지세요.

자기 결정을 의심하면 안 돼요.

자신을 믿고 끝없는 신뢰를 보내주어요.

'난, 날 믿어!'

'난 최선을 다할 준비가 돼 있지!'

인생을 돌아보면 제대로 살았다고 생각되는 순간은
사랑하는 마음으로 살았던 순간뿐이다.

- 헨리 드루먼드

June

Summer

'나'라는 숲을 가꿔 가는 하루

당신은 숲을 품은 사람이에요.

바람결 따라 바뀌는 생각과 우직한 의지,
설익은 기대와 탐스러운 희망이 자라는 숲,
솔직한 마음으로 노닐 수 있는 숲,
긴장을 내려놓고 거닐 수 있는 숲,
그 숲에서 심고, 가꿔 봅니다.

당신이 가꿀 울창한 숲을 머릿속으로
상상해 보세요.

June

만약 우리 집에 자그마한 텃밭이 있다면
나와 어울리는 식물로
무엇을 키우고 싶나요?

1st
_____

2nd
_____

3rd
_____

4th
_____

Summer

부정의 그림자를 떨쳐내는 하루

가던 길을 멈추고 뒤돌아보면
한 발 한 발 걸어오는 동안
자신에게 내뱉은 말들의 그림자를 볼 수 있어요.

위로와 힘을 주는 말의 그림자는 에너지를 뿜어내지만
차갑고 냉소적인 말의 그림자는 열정을 얼려 버리죠.

그 말들은 덩치를 불리고 당신을 옭아매요.
한 걸음도 더 나아가지 못하게!
특별히 어떤 부분이 자기 의심으로 똘똘 뭉쳐
나를 힘들게 하는지도 모르죠.

그러니 지금이라도 얼른 그 어두운 그림자를
훅! 날려 버리세요.

June

나를 괴롭혔던 부정적인 단어는
어떤 게 있을까요?

5th
_____

6th
_____

7th
_____

8th
_____

Summer

햇살처럼 사랑이 쏟아지는 하루

상상해 보세요. 당신은 한 그루 나무입니다.
땅속 깊이 뿌리 내린 웅장한 나무!

숨을 크게 들이마신 후 뿌리에서 빨아들인 물이
발에서 다리, 엉덩이와 가슴, 목을 타고 머리까지
그 신선함을 전달하고 있는 것이 느껴지나요?

나뭇가지처럼 팔을 부드럽게 움직여도 돼요.
나에게 흐르는 기운을 느끼는 것이니까요.
세 번 깊은 심호흡을 하고
뿌리가 깊은 나무가 된 나를 상상하며
나를 지탱하는 것들이 무엇인지
슬며시 떠올려 보세요.
그리고 자신에게 사랑을 주세요.

무르익어가는 계절의 끝에서
꽃이 피어나는 나를 보게 될 거예요.

June

나를 '새로운 나'로 만들어주는 것들은
무엇이 있을까요?

9th
_____

10th
_____

11th
_____

12th
_____

Summer

Impossible을 Im possible로 만들어주는 하루

당신이 깎아지른 암벽을 오른다면?
절대 그럴 일 없다고 고개 젓지 마세요.
단칼에 '안 해요.'라고 잘라 말하지도 마세요.
암벽의 '암'자도 갈 일이 없다고
'하나님 앞에 맹세'하지도 마세요.

그동안 살아봐서 알잖아요.
우리 의지대로만 살아지지 않는다는 거.

어쩌면 살아내는 일이
암벽을 타는 일보다 더 어려울 수 있지요.

June

어려움을 앞두고 있는 나에게
해 주고 싶은 말은 무엇일까요?

13th

_____

14th

_____

15th

_____

16th

_____

Summer

나를 호되게 혼내는 하루

당신을 비판하는 가사를 써 보세요.
무슨 말도 안 되는 소리냐고요?
아, 물론 자랑스러운 인물이며
탁월한 인재라는 사실 잘 알고 있어요.
하지만 때로는 비판도 겸허히 받아들여야 하는 법.
미리 연습하는 거예요.
기자의 눈으로 자신을 바라보고 냉혹하게 평가해 보세요.

무엇을 잘못하고 있는지
무엇을 바꿔야 하는지

June

나의 어떤 점이
마음에 들지 않나요?

17th

18th

19th

20th

Summer

누군가의 충고로 성장하는 하루

당신에게 충고를 건네는 이가 있나요?
그의 지적질에 화가 들끓고 가르치려 드는 움직임에
거부감이 드나요?
이유 없이 반항하고 싶나요?

누구나 다 그래요.
충고나 지적질을 좋아하는 사람은 없어요.
그런데 아시죠?
차라리 고맙다고 말한 후 받아들이는 것이
더 마음이 편하다는 거 말이에요.

당신이 받은 충고들은 약이 될 거예요.
더 멋져질 당신을 위해!

June

내가 받은 충고들은
어떤 것들이 있을까요?

21st
_____

22nd
_____

23rd
_____

24th
_____

Summer

내 속에 가득 찬 울분을 토해내는 하루

울고 싶다면 참지 마세요.
마음에 생긴 상처 때문에 고통스럽다면
치유될 때까지 아파하세요.
괜찮은 척, 다 나아서 멀쩡한 척하지 않아도 돼요.
혼자 있을 때 더 많이 아프잖아요.
흠씬 울어 눈물이 마르고 아파하다 보면
상처도 아물어요.
다 울고 나서
힘들었던 일들을 후련하게 뱉어내는 거예요.

우울했던 일들, 어려웠던 경험
이곳에 모두 쏟아부으세요.

June

울고 싶은 날, 소리 지르고 싶은 날,
뱉어내고 싶은 이야기들을 쏟아내세요.

25th

26th

27th

Summer

나를 용서하는 하루

호오포노포노
호오포노포노
한 번 더
호오포노포노

고대 하와이안의 강력한 용서를 연습한 거예요.
만약 누군가가 당신의 감정을 상하게 했다면
이것을 큰소리로 세 번 외쳐보세요.
당신이 자기감정을 건드렸을 때도 마찬가지예요.
아, 이때는 열 번쯤 해야겠네요.
자기 잘못을 용서하기가 더 힘드니까요.

고해성사하듯 반성문을 쓰는 것도 잊지 마세요.
반성문의 맨 마지막 행은 아시죠?

호오포노포노!

June

결코 용서할 수 없었던
나의 실수는 무엇인가요?

28th

_____

_____

29th

_____

_____

30th

_____

_____

우리는 일 년 후면 다 잊어버릴 슬픔을 간직하느라고
무엇과도 바꿀 수 없는 소중한 시간을 버리고 있다.
소심하게 굴기에 인생은 너무나 짧다.

- 카네기

July

Summer

조금은 서툰 하루

당신은 낯설고 외롭고 서툰 '오늘'을 살아야 해요.
처음 걸어보는 골목을 지날 수도 있고
익숙하지만 두려운 공간에 서야 할 때도 있어요.
다정한 눈빛이지만
얼음처럼 차가운 말을 들어야 할지도 모르겠네요.
우리가 바라는 것은
24시간 동안의 평화와 인정과 성취와 성장이지만
24시간 동안 가까스로 힘겹게 버티다 끝날 수도 있어요.

하지만 기운 내세요.
오늘을 사는 각오는 다질 수 있으니까요

July

유난히 나를 작아지게 만드는
상황이나 일들이 있나요?

1st
_____

_____

2nd
_____

_____

3rd
_____

_____

Summer

멋지게 나를 포장하는 하루

당신을 광고하는 카피를 만들어 보세요.
몇 줄의 문구로
매력 넘치는 당신을 표현하세요.
진실과 진심만을 담아서요.

더 많은 사람이 당신을 사랑하도록!

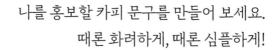

July

나를 홍보할 카피 문구를 만들어 보세요.
때론 화려하게, 때론 심플하게!

4th
_____

5th
_____

6th
_____

7th
_____

_____

Summer

익숙하지만 어딘가 낯선 하루

커피콩을 볶으며 남미의 태양을 떠올리고
커피콩을 갈며 대지의 신성함을 느끼는 사람과
사귀어 보세요.
반복되는 일상에 새로움을
부여할 수 있는 사람이거든요.

당신이 그런 사람이면 좋겠어요.
누구든 당신 곁에 오래 머무르고 싶어 할 테니까요.

익숙한 것을 새롭게 보는 연습이 필요해요.
가까이 있는 것에 새로운 의미를 담는 거죠.
한번 해 볼까요?

July

매일 매일 익숙한 일들을
새로운 방식으로 해 보는 거예요.
어떤 일들이 있을까요?

8th
_____

_____

9th
_____

_____

10th
_____

_____

11th
_____

_____

Summer

초조하고 당황스러웠던 하루

가을 아침 산책로를 걷는데 잠자리가 풀잎에 앉았죠.
살금살금 다가갔어요. 잡아야겠다는 마음에서요.

순간,
잠자리의 초조함이 보였어요.
파르르 떨리는 눈빛과 풀잎을 꽉 붙드는 발,
바짝 힘주는 날개와 빳빳이 세운 꼬리

마치, 세상에 맞서길 두려워하는 내 모습 같았죠.

July

나를 초조하게 만드는 상황은
무엇인가요?

12th
_____

_____

13th
_____

_____

14th
_____

_____

15th
_____

_____

Summer

잠시 쉬어 가는 하루

가장 편안한 자세로 앉거나 누우세요.
눈을 감아도 되고 게슴츠레하게 떠도 돼요.
그래요, 그렇게요.
이제 자신이 깊은 고요와 평온함을
느낄 수 있는 장소를 떠올려 보세요.
한 번도 가 보지 않은 사진이나 영상 속 풍경도 좋아요.
발이 닿는 해변가의 모래사장,
어린 시절 뛰놀던 잔디밭
그 어느 곳이든 내가 쉼을 얻는 그곳.
자연이 당신에게 주는 선물이에요.

바람결이 느껴지나요? 빛이 감싸는 포근함,
그 모든 것은 당신만을 위해 존재해요.
당신이 상상하고 창조해 냈으니까요.

July

나를 가장 편안하게 해주는 것은
무엇이 있을까요?
음악이나 장소, 친구, 물건
어떤 것이든 좋아요.

16th
_____

17th
_____

18th
_____

19th
_____

Summer

좀처럼 내 맘대로 되지 않는 하루

참, 뜻대로 살아지지 않는 날이 있어요.
당신의 감정이 유치하다며 묵살된 날,
생각이 철부지 같다고 치부되는 날,
신념이 가볍다고 웃음거리 된 날,
어색한 웃음으로 넘겼지만 두고두고
당신을 불쾌하게 만들죠.
자다가 이불킥 할 만큼 분할 수도 있어요.
그러나 꼭 기억하세요.
당신을 평가한 그들이 당신의 삶을 대신
살아주지 않는다는 것.
자기만의 삶을 사세요. 꿋꿋한 의지로!

그들을 향한
당신의 반론을 발자국 남기듯 새겨 놓으세요.

July

나를 무기력하게 만드는
기분 나쁜 말은 무엇인가요?
그 말을 극복할 반대말도 같이 적어 보세요.

20th

21st

22nd

23rd

Summer

나만의 '플리'로 신나는 하루

이제 신나게 놀 시간이에요.
당신을 방방 뛰게 할 수 있는 노래를 선곡해 보세요.
한 곡은 서운하니까
세 곡 정도 미리 정해 두어야 해요.
락, 디스코, 펑크, 기계음만
잔뜩 뿜어나오는 BGM도 좋아요.

기분을 전환시킬 타임에 꽝꽝 울리며
당신의 몸을 가만 놔두지 않도록 만들어준다면!
몸치라고 거절하지 마세요.
밸리댄스 선수권 대회에 나가자는 것도 아니니까요.

단 몇 분만 업! 업!

July

나의 최애곡은 무엇인가요?
나만의 Play list를 만들어 보세요.

24th
_____

25th
_____

26th
_____

27th
_____

Summer

나의 성실함을 칭찬하는 하루

당신은
자신이 생각하는 것보다 훨씬,
남들의 판단보다도 매우,
대단한 사람이에요.
호들갑을 떨기보다 그저 묵묵히
성급함을 몰아내고
꾸준히 자신에게 몰입하기 때문이지요.

July

지금까지 일기를
꼬박꼬박 써낸 자신에게
축하의 메시지를 전해 보세요.

28th
_____

29th
_____

30th
_____

31st
_____

_____

지금이야말로 일할 때다. 지금이야말로 싸울 때다.
지금이야말로 나를 더 훌륭한 사람으로 만들 때다.
오늘 그것을 못 하면 내일 그것을 할 수 있는가.

– 토마스 아켐피스

August

Summer

밤을 설치며 고민하는 하루

고민은 밤에 찾아오는 악령처럼
우리를 괴롭힐 때가 있어요.
지금 고민하고 있는 문제가 있나요?
혹시 '기대하고 있는 일이 잘 될까?' 하는
걱정은 아닌가요?

직장에서의 프로젝트든, 이루고 싶은 목표든,
새로운 관계를 맺는 것이든,
지금의 고민을 통해 해내고자 하는 것들을
이곳에 적어 보세요.

August

지금 내가 가장 걱정하고 있는 일은
무엇인가요?

1st
_____

_____

2nd
_____

_____

3rd
_____

_____

Summer

나에게만큼은 아주 솔직해지는 하루

늘 주변을 얼쩡거리던 '목표'는
당신이 '도전!'을 외치는 순간
손닿을 수 없는 거리만큼 도망치죠.
불안하고 초조하고, 때로는 의심마저 들 때
자신의 감정에 솔직해지세요.

어떤 기분이 드는지,
또 무엇을 걱정하고 있는지 말이에요.

August

지금 나의 감정을
아주 솔직하게 적어 보세요.

4th

_____

_____

5th

_____

_____

6th

_____

_____

181

Summer

때론 막막하고 우울한 하루

가끔 미로에 갇혀 있다는 느낌을 받곤 해요.
출구를 찾아 바쁘게 걷고
어디선가 빛이 보이면 뛰어도 보지요.
번번이 출구가 아님을 확인하고 실망하지만
도전을 멈출 수가 없어요.
찬란한 빛을 보고 싶으니까요.

내일도 출구를 찾기 힘들 거라고요?
왜요?

August

우울하고 울고 싶을 때
이 음식을 먹으면 힐링이 돼요.
어떤 음식인가요?

7th

8th

9th

Summer

작가가 되어 보는 하루

자신을 찾아가는 이 여행이 맘에 드세요?
서툴지만 한 줄씩 적히는 문장에서 내가 보이나요?
숨겨두었던 정체가 드러나고
몰랐던 모습이 나타나고
감춰두었던 감정이 샘솟지요.
가장 맘에 드는 페이지의 글을 여기에 옮겨 보세요.

어울리는 형용사를 추가해도 되고
더 멋지게 글귀를 바꿔도 돼요.

그리고

라디오 DJ가 사연을 소개하듯
그 글을 녹음해 보세요.

August

가장 좋아하는 가사나 글귀를
적어 보세요.

10th

11th

12th

Summer

1막 1장, 나의 하루

뮤지컬 무대의 막이 오르기 전,
흥분과 설렘, 기대로 충만한 마음을 떠올려 보세요.
두근두근.
오늘 무대의 주인공이 바로 나라면!
막이 오르기 전, 그 떨림이 짐작되나요?

당신이 맡은 역할은 무엇일까요?
어떤 대사를 해야 하고,
어떻게 행동해야 할지 상상해 보세요.
상대가 계획에 없는 행동을 한다면
어떻게 할 수 있을까요?

탄탄하게 준비하여
오늘 공연을 환상적으로 마쳐 보세요.

오늘은 당신의 날!

August

내가 주인공인
뮤지컬이나 영화를 만든다면
어떤 제목이 어울릴까요?

13th

14th

15th

Summer

숨쉬기를 배우는 하루

4초 동안 숨을 들이마셔요.
4, 3 , 2, 1.

이제 들이킨 숨을 8초 동안 내쉬세요.
8, 7, 6, 5, 4, 3, 2, 1.

이렇게 세 번 반복해 보세요.
심장에서 소용돌이치는 감정을
잠재우고 싶을 때
당장 전화를 걸어 따져 묻고 싶을 때
스트레스로 머리카락을 다 뽑아버리고 싶을 때

가슴 속 시원한 폭탄의 초침이
째깍거릴 때마다 시도해 보세요.
더 현명해질 수 있는 비결이에요.

August

스트레스로 지금 당장 폭발하기 직전,
당신은 무엇으로 화를 잠재우나요?

16th
_____
_____
_____

17th
_____
_____
_____

18th
_____
_____
_____

Summer

오래된 화를 비우는 하루

가볍게 몸을 움직여 보세요. 손 털기부터 시작해요.
뻐근한 목도 좌우로 움직여 보고요,
둥글게 말린 어깨도 펴 보세요.
팔을 하늘을 향해 쭉 뻗고 좌우로 기울여 보세요.
팔을 아래로 내리고 발을 어깨너비만큼 벌리세요.
몸통을 회전하면서 팔을 앞뒤로 흔들어 보세요.
떨쳐버리고픈 생각을 털어버리는 거죠.

툭, 툭.

이렇게 하면 정신건강에도 도움이 돼요.

August

화를 폭발시킬 때
당신이 가장 많이 하는 행동은
무엇인가요?

19th

_____

_____

20th

_____

_____

21st

_____

_____

Summer

무엇이든 할 수 있을 것 같은 하루

당신은 폼 나게 뛰어올라
근사하게 입수하겠다는 의지로
다이빙대에 올랐어요.
관중석에서 우레와 같은 박수를 보내주지요.
당신은 오른팔을 번쩍 들어 환호에 답해요.

긴장을 뿜어내며
후!

August

오늘 반드시
해내고 싶은 일은
무엇이었나요?

22nd

23rd

24th

Summer

차근차근 만들어가는 하루

일에는 순서가 있어요.
재료를 넣는 순서에 따라 음식의 맛도 달라지죠.
도자기를 구울 때도 단계가 있고
회의할 때도 절차가 있지요.

당신의 꿈이 완성될 일정표를 공개해 보세요.

August

퇴근 후, 혹은
저녁을 먹고 가장 먼저
하는 일은 무엇인가요?

25th
_____

_____

26th
_____

_____

27th
_____

_____

Summer

별처럼 반짝이는 신념을 담아내는 하루

당신이 좋아하는 별자리를 하얀 도화지에 그려 보세요.
그중 별 하나는 크고 선명하게
오래 빛나도록 더 강렬한 색을 써도 돼요.
당신이 그 별이니까요.

별자리 아래 자신이 지켜내고픈 신념을 적으세요.
나를 빛나는 별로 만들어준다는 확신으로!

August

내 인생에서 별처럼
반짝이는 신념은
무엇이 있을까요?

28th

29th

30th

31st

Autumn

한없이 나를

아껴주기

오스카 와일드의 동화 속에 나오는

'행복한 왕자'를 아세요?

금이 덧입혀진 소설 속 주인공이자

공원 한가운데 우뚝 선 동상이죠.

두 눈과 칼자루에는 보석이 박혀 있고요.

그는 공원 가운데에 우뚝 서 있으며

자신을 바라보는 이들의 동경을 한 몸에 받았어요.

그가 얼마나 뿌듯하고 만족스러웠을지 짐작되나요?

그런데 그는 자신이 가진 보석과 금 조각을 떼어

가난하고 힘든 사람에게 나눠줘요.

외모는 갈수록 볼품없이 변해 버리고

선망의 눈으로 바라봤던 사람들이 외면하는데

그는 자기 의지를 굽히지 않고 남을 위해 희생하죠.

물질보다, 다른 사람에게 부러움을 받는 것보다,

사회에서 인정받는 것보다

자기 의지를 더 가치 있게 여겼던 거예요.

쉽지 않은 일이죠.

진정으로 자신을 존중하고

자기 생각에 확신을 가질 때 가능해요.

자기신념이 자기를 완성하니까요.

이 장에서 당신을 믿고 스스로 응원하는

연습을 해 보세요.

행복은 결코 많고 큰 데만 있는 것이 아니다.
작은 것을 가지고도 고마워하고 만족할 줄 안다면
그는 행복한 사람이다.
여백과 공간의 아름다움은 단순함과 간소함에 있다.

– 법정스님

September

Autumn

영원히 기억될 하루

지금 모습을 사진 찍어 보세요.
꾸미지 않았어도 그대로.
예쁜 각도로 고개를 돌릴 필요 없어요.
여섯 개 치아가 보일 정도로 웃을 필요도 없어요.
그 무엇으로도 대체될 수 없는 나를
기록한다는 의미로 찰칵!
오늘 당신이 머물렀던 흔적들을
드로잉 해도 좋고 이름을 적어 두어도 좋겠네요.

하루가 모두 지나기 전에
오늘의 추억을 기록해 두세요.

September

오늘 하루 일 중, 시간이 흘러도
잊지 못할 일은 무엇이 있을까요?

1st

_____

_____

2nd

_____

_____

3rd

_____

_____

Autumn

오롯이 나에게 주파수를 맞추는 하루

노을 지는 시간대도 좋고
호젓한 산길을 걸을 때도 좋아요.
하염없이 흐르는 강물을 바라볼 수 있는 한낮이나
한 모금 마신 커피의 카페인이 몸에 퍼지는 순간도
나무랄 데 없지요.

긴장을 풀고 오롯이 자기에게 주파수를 맞추는
시간을 가지세요.

당신의 마음과 생각에만 집중할 수 있는
조용하고 은밀한 시간이 있나요?

September

나에게 가장 집중할 수 있는 시간에
당신은 무엇을 하나요?

4th

5th

6th

Autumn

어제보다 더 나를 사랑하는 하루

"나를 사랑한다."
"나라서 좋다."
"나니까 더 좋다."
"나여서 다행이다."

나를 받아들이는 연습을 하세요.
더 많이 써 주고 싶지만,
당신이 쓸 자리를 남겨 두고 싶어요.
알고 있는 예쁘고 긍정적인 단어를 불러 모아
나에게 붙여 보세요.

참 귀한 당신이니까요.

September

나니까 좋은 점,
나여서 사랑스러운 점을 적어 보세요.

7th
_____

8th
_____

9th
_____

10th
_____

Autumn

감정자유기법을 실행해 보는 하루

편안한 자세로 앉아요.
후~
숨을 깊게 내쉬면서 눈을 감아요.
긴장이 좀 풀릴 거예요.
양 손바닥을 가슴에 포개 얹으면
당신의 고귀함이 느껴질 거예요.
전전긍긍하지 마세요.

어린 시절 좋아했던 노래를 불러 보세요.
그 가사를 적으며 뜻을 헤아려도 좋아요.

당신 충분히 잘하고 있어요.
해맑게 웃던 그때처럼.

September

괜시리 들뜬 마음이 들 때
어떤 생각을 하면 마음이 편안한가요?

11th
_____

_____

12th
_____

_____

13th
_____

_____

Autumn

오래된 습관을 떨쳐 버리는 하루

벤자민 프랭클린은
자기계발과 자신의 성장목표를 기록한 사람이죠.
긍정적인 습관을 만들어 일상에 적용해 보도록 해요.
앞으로 더 성장할 나를 그리며!

September

바꾸고 싶은 오래된 습관은
무엇이 있을까요?

14th

15th

16th

Autumn

새로운 습관을 만들어 보는 하루

새로운 습관을 위해서
매일 10분이면 할 수 있는 일들을 적어 보세요.
집까지 걸어가는 동안만큼은 어떤 것도 생각하지 않기,
좋아하는 음악을 들으면서 휴식 취하기,

내가 할 수 있는 쉬운 것들부터
차근차근 시작해 보는 거예요.

September

새롭게 만들어 보고 싶은
습관이 있나요?

17th
_____

18th
_____

19th
_____

20th
_____

Autumn

일상의 루틴이 만들어내는 하루

특별히 한 일도 없는데
유난히 하루가 잘 가는 날이 있죠.
하지만 우리는 조금씩 성장해 가고 있어요.
매일 같은 시간, 똑같이 반복되는 일을 생각해 보세요.
이 닦기, 커피 마시기, 운전하기

일상의 아주 소소한 일도 괜찮아요.

September

한 번도 빼놓지 않고 매일 매일 했던
나만의 루틴은 무엇이 있을까요?

21st
_____
_____

22nd
_____
_____

23rd
_____
_____

Autumn

오늘 또 무언가를 기어코 해낸 하루

새롭게 해낸 일이 있나요?
좋은 습관이 생겼거나 재미있는 책을 읽었거나,
짜증 나는 상황에서도 침착했거나,
자기발전은 스스로 보상할 때
이루어진다는 연구가 있어요.

오늘도 무언갈 해낸 자기 자신을 기억하세요.
잘했다는 격려의 말을 건네주고
잠시 쉬면서 잠도 청해요.

당신은 스스로에게 어떤 보상을 해 주고 싶나요?

September

칭찬해 줄 만큼 기어코 잘 해낸 일은
무엇이 있을까요?

24th
_____

_____

25th
_____

_____

26th
_____

_____

Autumn

나만의 습관 노트를 만들어 보는 하루

톡톡 튀는 개성 있는 색깔 볼펜,
투명한 포스트잇과 예쁜 스티커,
다이어리도 좋고 스마트폰도 괜찮아요.
간단하게 체크리스트를 만들어도 돼요.
지금 계획하고 있는 것들의 진행 상황을
나만이 알아볼 수 있는 공간에 메모해 두는 거예요.
당신만의 습관 노트를 만들어 보세요.

앞으로 이루고자 하는 것들을
먼저 이 공간에 담아보는 연습을 해 보세요.

September

내 인생에 반드시 갖춰야 할
습관은 무엇이 있을까요?

27th

28th

29th

30th

세상을 보고 무수한 장애물을 넘어
벽을 허물고 더 가까이 다가가 서로를 알아보고 느끼는 것,
그것이 바로 우리가 살아가는 인생의 목적이다.

- 영화 < 월터의 상상은 현실이 된다 >

October

Autumn

두렵고 막막하던 일에 도전하는 하루

당신 눈을 들여다보니 하고 싶은 일이 있군요.
아직 확신이 서지 않는 그 일.
다른 사람들이 이상하다고 손가락질할까 봐
결정 내리지 못하는 그 일.
제대로 할 수 있을지 걱정부터 되는 그 일.

자, 먼저 자기 의심을 걷어내고
여기에 털어놔 보세요.
다 들어 줄게요.

October

실패할까 두려워 주저하던
일이 있나요?

1st
_____

_____

2nd
_____

_____

3rd
_____

_____

Autumn

나를 밀착 취재하는 하루

아주 즐거운 상상을 한번 해 볼까요?
언젠가 당신이 계획한 목표를 성대하게 이루었어요.
세계 각국의 언론과 신문사에서 당신을 취재해
기사화하는 바람에 세상에 이름도 알렸어요.
어느 날, 유명 언론사의 기자가
당신과 인터뷰를 하고 싶다고
메일을 보내 왔네요.
당신에게 물어보았으면 하는 질문 몇 개를
만들어 간단한 답과 함께 보내 달래요.

당신은 어떤 질문과 답을 보낼 수 있을까요?

October

내가 기자라면
나에게 어떤 질문을 던질까요?

4th
_____

_____

5th
_____

_____

6th
_____

_____

Autumn

미움의 싹을 뽑고 사랑을 심는 하루

이런, 당신 마음에 미움이 싹트고 있군요.
미움의 열매는 쓰고 매워요.
탐스럽지도 않고요.
무엇보다 당신 마음을 어지럽히지요.

더 커나가기 전에 뽑아버리세요.
미움이 불쑥 움 틔울 땐
잠시 그대로 있으세요.
눈을 지그시 감고 심호흡을 몇 번 한 뒤
아름다운 단어를 떠올려 보는 거예요.
사랑, 기쁨, 평화, 감사

마음을 내려놓고
혼자만의 편안한 시간을 가지세요.

October

마음속의 나쁜 감정과 단어를
모두 뽑고 난 뒤
어떤 단어들을 심고 싶으세요?

7th

8th

9th

Autumn

영화 속 영웅이 되어 보는 하루

당신이 영웅이 되는 이야기를 쓸 거예요.
걱정하지 마세요. 여섯 줄만 쓰면 돼요.

1. 당연히 주인공은 당신이죠.
2. 당신의 욕망은 무엇으로 할까요?
3. 당신을 방해하는 인물은요?
4. 그는 당신을 왜 방해하나요?
5. 당신은 그 방해를 어떻게 헤쳐나갈까요?
6. 당신이 승리하겠죠?

HAPPY ENDING!

October

영화 속 주인공이 되어
빌런villain들을 물리칩니다.
나는 어떤 초능력을 가지고 있을까요?

10th
_____

_____

11th
_____

_____

12th
_____

_____

Autumn

조력자에게 도움을 청하는 하루

아차, 앞 페이지에서 당신을 도와주는
조력자를 깜빡했네요.
당신이 살아가는 데 힘이 되는 조력자
한 명쯤 꼭 곁에 둬야지요.
많으면 좋겠지만 꼭 그렇지도 않아요.
당신이 넘어졌을 때 손 내밀어주는
딱 한 사람이 백 명보다 나을 수 있어요.
앞 페이지에 끼워 넣을 부분을 생각해 봐요.

7. 그는 당신이 욕망을 향해 가는데
   어떻게 도와줄까요?
8. 왜 도와주나요?

October

힘든 일이 있을 때 나를 도와줄
든든한 조력자는 누가 있을까요?

13th

14th

15th

Autumn

한 편의 영화 같은 하루

당신이 주인공인 이야기 한 편이 완성되었네요.

당신이란 캐릭터 어때요?

당신이 품은 욕망을 추진하는 모습이 멋진가요?
방해자를 물리칠 때도 매력적이었나요?
조력자와는 진한 우정을 나누고 있나요?
마지막까지 당당했나요?

자신만만한 당신이 부러워요.

October

내가 주인공인 영화가 상영되었어요.
등장 후 첫 대사는 어떤 게 좋을까요?

16th
_____

_____

17th
_____

_____

18th
_____

_____

_____

Autumn

어린 시절을 추억하는 하루

빛바랜 어릴 적 사진을 찾아보세요.
그때 좋아했던 일들은 무엇이었나요?
엄마가 밀어주는 그네를 타거나
놀이터에서 또래 친구들과
흙장난을 치던 게 기억나나요?

어린 시절 좋아했던 놀이가 있었다면
한번 적어 보세요.
그리고 그 시간이 왜 좋았는지,
어떤 기분이었는지도요.

그 시절의 나에게
짧은 편지를 쓰는 것도 좋겠네요.

October

어린 시절 가장 좋아했던 놀이는
무엇이었나요?

19th

20th

21st

Autumn

잠시 과거로의 여행을 떠난 하루

유년의 기억을 떠올리면
늘 가슴 한편이 저릿한 것 같아요.
어릴 때 받았던 칭찬들,
내가 잘 해내던 것들,
지금까지도 당신의 재능이라고
생각하는 것들이 있다면 떠올려 보세요.
나의 재능을 누군가 알아줄 때,
어떤 감정이 들었는지도 궁금해요.

October

어린 시절 가장 많이 들었던 칭찬,
혹은 가장 뿌듯했던 칭찬은
무엇이었나요?

22nd

_____

_____

23rd

_____

_____

24th

_____

_____

Autumn

재능을 자랑하는 하루

"잘하는 게 없어요."
"잘하는 거 있는 사람이 부러워요."
"잘하는 게 있으면 왜 이렇게 살겠어요."
자기 비하는 이제 그만하고
내가 정말 잘하는 한 가지를 떠올려 보세요.
글씨를 예쁘게 쓴다든지
나에게 어울리는 향수를 잘 고른다든지!
또 당신은 인정할 수 없지만

다른 사람들이 말해주는 당신의 재능이 있다면
그것도 좋아요.

October

오직 나만 할 수 있는,
혹은 가장 잘하는 것은 무엇인가요?

25th

26th

27th

Autumn

나에게 선물한 특별한 하루

당신을 위한 이벤트를 준비해 보세요.
근사하게 초대장을 만들어 손님도 초대하고
식탁을 풍성하게 해 줄 메뉴도 골라요.
드레스코드를 정해도 좋겠네요.
풍선이나 종이꽃으로
파티 장소를 꾸며도 좋아요.
당신의 좁은 방을 특별한 장소로 만드는 거예요.
지금까지 만일 다른 사람을 위해 살았다면
이제는 당신을 생각해 보는 건 어떨까요?

작은 것이라도 당신이 감동할 수 있는
이벤트를 계획해 보세요.

October

나에게 특별한 이벤트를 선물한다면
어떤 것이 좋을까요?

28th
_____

29th
_____

30th
_____

31st
_____

_____

다른 사람의 마음속에 있는 것을 알려고
하지 않기 때문에
불행해지는 일은 거의 없다.
그러나 내 마음의 움직임을 주시하지 않는 사람은
반드시 불행해진다.

- 아라레소우스

November

Autumn

짜릿한 경험을 선사하는 하루

나른한 오후, 멍하니 창밖을 보면 문득,
'나, 지금 뭐 하고 있지?'라는
물음표가 생겨요.

이것저것 바지런히 하는 것 같은데
매일 따분하게 내려오는 햇살처럼,
언제나 그 자리에 있는 나무처럼,
오늘도 그렇게 지루한 삶을 사는 것 같지요.

자, 일어나세요.
툭툭!
싱겁고 재미없는 생각 털어버리고 도전하고
싶은 것들의 리스트를 뽑아볼까요?

November

생각조차 해 보지 않았던 일들 중에
도전하고 싶은 것이 있다면 무엇일까요?

1st
_____

2nd
_____

3rd
_____

4th
_____

Autumn

나만의 재능으로 세상을 밝히는 하루

당신의 재능이 때로는 다른 사람들에게
도움이 된다는 걸 경험한 적이 있나요?
아직 없다면, 당신의 재능이 앞으로
어떻게 쓰였으면 하는지 생각해 보세요.

당신의 따뜻한 마음이,
당신이 만든 노랫말 하나가
세상을 조금 더 아름답게 만든다는 사실!

November

세상에 기부하고 싶은
나만의 재능이 있다면
무엇이 있을까요?

5th
_____

6th
_____

7th
_____

8th
_____

Autumn

소소한 재능을 자랑하는 하루

알리고 싶지 않은 재능이 있나요?
남들은 몰랐으면 하는.

그동안 말하기 부끄러웠다면, 이곳에 적어 보세요.
신발 끈을 예쁘게 묶는다든가
발표를 잘한다든가

그것이 무엇이든 좋아요.
나만 몰래 간직한 재능이니까요.

November

언뜻 쓸모없어 보일 것 같은
나만의 재능을 알려주세요.
아주 소소한 것도 괜찮아요.

9th

_____

10th

_____

11th

_____

12th

_____

_____

Autumn

나의 친절함이 누군가에게 약이 되는 하루

당신이 누군가에게 친절을 베풀었다면,
그 사람의 인생에 아주 작은 영향을 끼친 거예요.

당신의 따뜻함이, 당신의 염려가,
당신의 희생과 친절이,

누군가의 삶을 바꿀 수도 있어요.
그러니 대견한 당신에게 칭찬해 주세요.

"세상을 아름답게 만드느라 오늘도 수고했어!"

November

최근 누군가에게 친절과 희생을
베푼 적이 있나요?

13th

14th

15th

16th

Autumn

나와 닮은 누군가를 찾아가는 하루

우리는 자신과 비슷한 사람을 만나면
편안함을 느껴요.
대화를 나눌 때 편안하고 통한다는 느낌을 받지요.

하지만 자신과 결이 다른 사람 앞에서는
어색하고 경직돼요.
마음을 편하게 먹어야지 하는데도
자신도 모르게 위축되거든요.

나와 다르면 불편하고, 나와 같으면 편안하고
우리는 어쩌면 인생을 살면서 계속해서 나와 닮은 사람을
찾는 여정을 하고 있는 건지도 모릅니다.

November

당신에게 불편을 주는 사람은 누구인가요?
왜 그럴까요?

17th
_____

18th
_____

19th
_____

20th
_____

Autumn

'틀림'이 아닌 '다름'을 이해하는 하루

집 밖을 나서면 우리는 아주 많은 사람을 만납니다.
학교에서, 회사에서, 시장에서, 공원에서
그럴 때마다 세상엔 참 다양한 사람이 있다는 걸
깨닫게 되죠.

'저 사람은 왜 저런 생각을 할까?', '왜 나에게 이런 말을
할까?' 전혀 이해가 되지 않을 때도 많아요.
속상하기도 하고, 화가 나기도 하고,
혼을 내주고 싶기도 하고 지적을 하고 싶기도 해요.
하지만 법에 위촉되지 않는 선에서
그들과 우리는 다르다는 것을 인정해야 합니다.
그들을 평가해선 안 되죠.
서로 다른 리듬으로 살아가고 있는 것뿐이니까요.

서로 다른 크기의 망원경으로
세상을 보고 있는 것이죠.

November

나에게는 없고 다른 사람에게는
있는 것은 무엇인가요?

21st
_____

_____

22nd
_____

_____

23rd
_____

_____

Autumn

어제보다 나은 나를 발견하는 하루

스스로에 대해 '난 잘하고 있어!'라고
생각해 본 적이 있나요?
용기 있게 내딛은 관계에서,
다른 사람을 의식하지 않고
끝내 이루었던 일들에서,
어제보다 나은 오늘의 당신을 발견했나요?

당신은 꽤 괜찮은 사람이에요.

November

돌이켜 보면 어제보다,
혹은 과거보다 어떤 점들이
더 나아지고 좋아졌나요?

24th
_____

25th
_____

26th
_____

27th
_____

Autumn

어제보다 더 나를 사랑하는 하루

'나는 나 자신을 믿는다!'
언제나 이렇게 되뇌어야 해요.
세상으로 나가는 당신에게
에너지를 주는 말을 해 보세요.

나를 더 사랑하고
믿고
아껴주는
긍정 메시지요!

November

나를 믿고 아껴주는 사람들이
주위에 많아요. 누구일까요?

28th

_____

_____

29th

_____

_____

30th

_____

_____

소소하지만 찬란한 나의 하루를
발견하는

책을 쓰는 것은 나의 꿈이었다. '책을 쓰겠다'는 목표를 지난 5년간 컴퓨터 바탕화면에 띄우고 고민을 거듭했다. 어떤 책을 써야 할까, 독자에게 어떤 메시지를 전할 수 있을까, 어느 지점에서 공감과 호응을 얻을 수 있을까.

글을 쓰기 위한 준비작업을 탄탄히 했다.

비로소 내가 첫 장을 쓴 날의 감격과 두려움, 떨림을 잊을 수가 없다. 원고를 완성해 나가며 더 관점을 넓히고, 사고에 깊이를 더하는 작업을 같이 수행했다. 힘들었지만 의미 있는 시간을 지내고 드디어 책이 출간되었다.

가족의 성원에 감사를 표하고 싶다. 내가 글을 쓰는 동안 설거지를 하고 개들을 산책시켜 준 내 남편 마이클과 올리비아, 토마스, 크리스찬, 마리사에게 고맙다.

우리의 미치도록 아름다운 삶 가운데 기적이 있기에 나는 책 한 권을 쓸 수 있었다. 나의 부모님인 보이드 바그너와 메리 챈들러, 그리고 나의 오빠인 앨런 웨고너의 사랑과 지지가 없었다면 지금의 내가 될 수 없었다. 사랑과 결혼을 통해 가족의 성장이라는 복권에 당첨이 됐다. 나는 짐 챈들러, 비벌리 마천드, 웬디, 마이크, 애비 트래

멀, 이들을 가족이라 부를 수 있는 축복을 받았다.

성인이 된 이후의 삶과 경력에서 적당한 때에 나타난 많은 멘토와 선생님들에게 영감을 받았다. 수많은 이들이 자기 인생 여정을 나와 함께 해 주었다.

나의 평생 친구인 에이미 베일리 클라인버그, 린다 무어 박사, 故오라멘타 뉴썸, 모린 켈리, 에드 D, LCSW 박사, 로버트 디 맥도널드 박사, 루제트 맥도날드 박사, 이언 펄스, 메리 조 가렛, MA, MFT, 케이 보슬러, LPC, LCDC, 레브 마리 윌슨, 레브 홀리 윌슨, 레브 트리쉬 우드러프, 나의 LUMC 북클럽 회원들, 그리고 실버라도에 있는 멋진 동료들. 나의 비즈니스 코치인 레이사 피터슨과 아틀라스 단체에 대한 고마움은 어떤 단어로도 표현하기 힘들다.

여러분으로 인해 공동체의 의미를 훨씬 더 깊이 이해할 수 있었다. 예술과 과학, 그리고 약간의 마법을 섞어 저자와 집필을 기다리고 있는 책을 서로 이어주는 에밀리 안젤, 조 최, 멜리사 발렌타인, 캘리스토 미디어팀, 이들 모두에게 나를 믿어줘서 고맙다는 말을 전하고 싶다.

매일 일을 끝내고 잊으라.
당신이 할 수 있는 일은 다했다.
새로운 내일을 훌륭하고 침착하게 시작하라.
높은 정신 상태를 유지하며
구닥다리 허튼소리에 얽매이지 마라.

-랄프 왈도 에머슨